Ye

3563

LES
CIMETIERES
ROYAVX.

A

MONSEIGNEVR LE
DAVPHIN.

Par le Sieur de Berthrand d'Orleans
Aduocat en Parlement.

A BOVRGES,

Par MAVRICE LEVEZ Imprimeur iuré
de la ville, demeurant aupres des
grandes Efcolles. 1610.

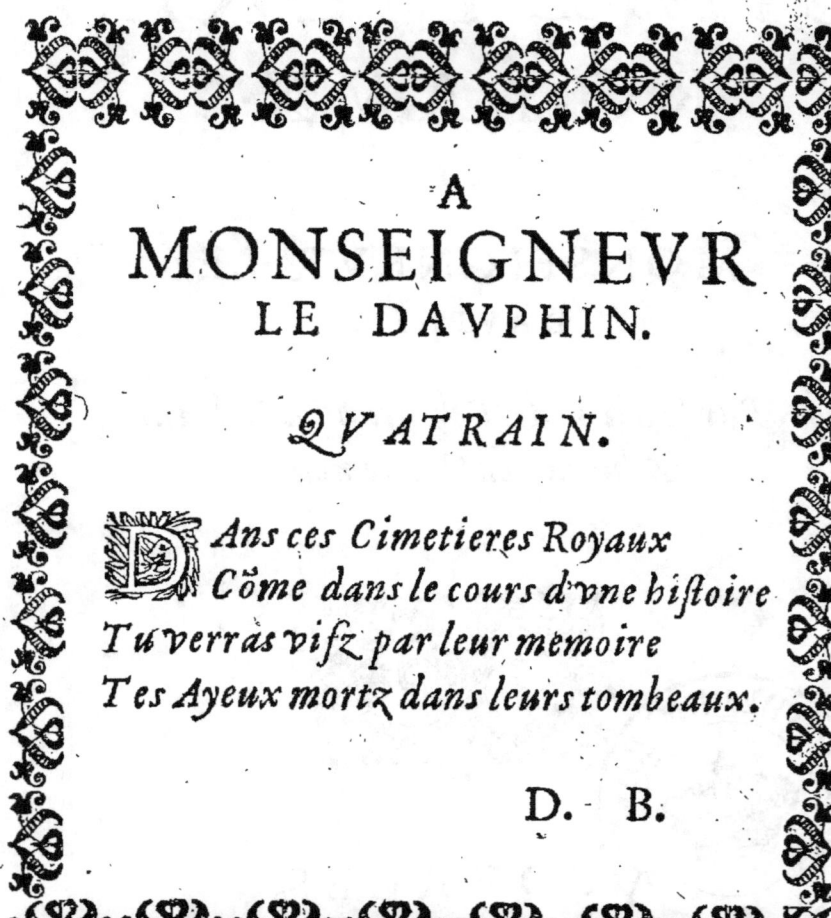

A
MONSEIGNEVR
LE DAVPHIN.

QVATRAIN.

Dans ces Cimetieres Royaux
Cöme dans le cours d'vne histoire
Tu verras vifz par leur memoire
Tes Ayeux mortz dans leurs tombeaux.

D. B.

LES
CIMETIERES ROYAVX.

LE

Tombeau de nostre S. Pere le Pape
Clement huictiesme.

A

Monseigneur l'Archeuesque de Bourges.

 *Out ce qui prend son estre icy bas d'vng*
  principe,
Par ce mesme principe est certain de sa
  fin,
Car de son estre propre vng chacun participe
Et reigle sa nature aux loys de son destin.

 Les Cieux au dernier iour borneront leur car-
Le Soleil tombera & les Astres aussi,   *(riere,*
En vne obscurité s'en yra leur lumiere,
Et ce monde sera vng Cahos obscurci.

 Celuy qui feut formé du limon de la terre,
Celuy que l'eau sauua, & prit son nom des eaux,
Ayant serui tous deux leur Dieu parmy la guerre

A ij

De leurs petitz berceaux bastirēt leurs tombeaux.

Ce Pape dont la vye estonne nos oreilles
Est mort suyuant de pres les destins de ces deux:
Ces deux viuans & mors ont parfaict des mer-
    ueilles,
Et luy viuāt & mort en a parfaict comme eux.

Au depart de ce rare & diuin personnage
Les hommes sont marris, les Anges sont ioyeux,
Auecques sa presence ilz perdēt le courage,
Et ne le voyant plus voudroyent perdre les yeux.

Il auoit des vertus dignes de la memoire,
Il en faisoit assez paroistre les effais:
En humblesse de cœur il erigeoit sa gloire,
Et plantoit ses lauriers sur l'autel de la paix.

Il marcha sur le vētre au Mōstre de la guerre,
Il accorda deux Roys piqués d'ambition:
Et puis de l'heresie il nettoya la terre,
Et conioignit la peine auec l'affection.

Il auoit nom Clement, il vsoit de clemence,
Et de faueur à ceux qui l'auoient merité:
Il donnoit les honneurs aux hommes de science,
Et s'estudioit sans cesse à la tranquillité.

L'oubly n'engloutira la faueur singuliere

Dont il vsa iadis enuers nostre bon Roy,
Et comme il le receut esmeu de sa priere,
Et le mit en l'Eglyse inuité par sa foy.

    J'estime quant à moy bien heureuse la place,
Qui contient ce sainct hôme en vn heureux repos,
Car Dieu la benira de l'onde de sa grace,
Et l'ornera des fleurs qui naistront de ses os.

    Puis que tu es au ciel iouyssant de l'essence
De Dieu & que dans luy toutte chose tu vois,
La haut comme icy bas prye pour nostre France,
Et pour la nef de Pierre où tantost tu estois.

    Fauorise celuy qui en prend la conduitte,
Et par tes oraisons facilite son cours:
Qu'il sente en la guidant le fruict de ton merite,
Et confesse ta grace en voyant ton secours.

LE TOMBEAV DE NOSTRE
SAINCT PERE LE PAPE LEON XI.

E Dieu, dôt les humains participent l'essece,
  Icy bas t'a faict Pape, & Dieu dedans les
    cieux,
Quand tu estois present on aymoit ta presence,
Et quand tu es absent on regrette tes yeux.

C'est là où Dieu nous faict luyre sa prouidéce,
C'est là où ses desseins se voyent descouuers,
Comme a Lot il te faict gouster sa bienueillance,
Te retire en Segor pour punir les peruers.

Tu n'as guieres vescu poursuyui de l'enuye
Qui respiroit ta gloire & souspiroit ta vye,
Mourant de te voir viure en telle dignité.

Elle se trompe bien la pauure miserable,
Car ça bas tu estois a nous autres semblable,
La haut tu es semblable a la diuinité.

LE TOMBEAV DE HENRY TROIS-
iesme Roy de France & de Poulogne.

AV ROY.

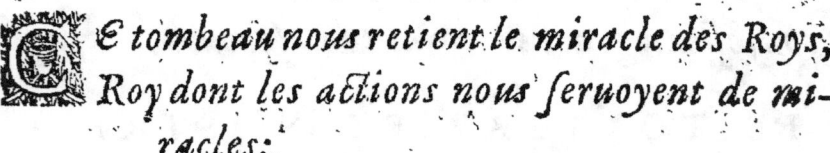

C E tombeau nous retient le miracle des Roys,
Roy dont les actions nous seruoyent de mi-
racles:
Nous imitions sa vye & en dressions des loys,
Et croyons sa parole ainsi que des oracles.

La gloire & la vertu illustroient sa naissance,
La douceur l'esgaloit à la diuinité:
C'estoit l'Aigle du monde & le Phœnix de Frāce
Qui cest bruslé luy mesme au feu de sa bonté.

Il estoit tref-vaillãt & tres sage à la guerre,
Hardy comme Iosué ce genereux guerrier,
Du bruict de son renom il estonnoit la terre,
Et malgré tous les Roys il portoit le laurier.

Iadis à Moncontour les hayneux de son frere
Congneurent que valloit sa valeur aux combas,
Congnoißant sa valeur ilz virent leur misere,
Et qu'il se falloit perdre ou ne combatre pas.

Ceste ville noyee au vin de Babylonne,
Qui enyure l'Eglise au schisme de sa foy:
Par ce Prince aßaillie admira sa Bellonne,
Et redoubtant sa force obeist a son Roy.

Mais s'il feust valeureux, il aymoit la clemëce,
Et pardonnoit à ceux qu'il auoit surmonté:
En pardonnant la faute vsoit de preuoyance,
Et comme fit Cæsar luymesme cest donté.

Le Prince qui clement se surmonte soymesme
Fait plus que s'il froißoit les murs d'vne cité:
Il s'adquiert en ce monde vne louange extresme,
Et se bastit au ciel vne immortalité.

Ce Prince auoit la chose aux Princes conue-
        nable,
Il estoit liberal & obligeoit les siens,

Donnant il se rendoit aux seigneurs amyable,
Et iamais n'oublioit ses amys anciens.

Il se feust depité si la moindre iournée
Le Soleil eust couru sans faire quelque bien.
Il estoit franc & rond suyuant sa destinée,
Et donnant tout son bien il ne se laißoit rien.

Il auoit ce que n'a bien souuët vng grãd Prince
Il estoit humble & doux & fort deuotieux,
Il estoit vng exemple à toutte sa prouince,
Et mesprisoit la terre en l'attente des cieux.

Il imitoit Dauid en vng si sainct office,
Desprisé comme luy pour priser le Seigneur,
De soymesme il faisoit à son Dieu sacrifice,
Et chantoit ses bienfais de la voix & du cœur.

Et touttesfois helas des qualités si belles
Qui le rendoyent vng Dieu ne l'ont pas exempté,
Il est mort pour iouyr des choses immortelles,
Et a laißay sa France en son extresmité.

Frãçois plorez la mort d'vng Roy si debõnaire,
Enionchez moy sa tõbe & de fleurs & de pleurs,
A sa mort commencea toutte nostre misere,
Et par le souuenir renaissant nos douleurs.

LE

LE TOMBEAV DV LAZARE
PROSOPOPEE DE MARTHE

A LA ROYNE.

Plorez mes yeux plorez ma cruelle aduãture,
I'ay faict perte d'vng bien que ie ne puis
  r'auoir,
C'est faict il a payé le droict de la nature,
Et n'estant immortel il est mort par debuoir.

 Vo° qui sçauez que c'est de l'amitié d'vn frere,
Et combiẽ l'on peut perdre en perdant son secours,
Par son esloignement iugez de ma misere,
Plaignez moy de vos yeux, & nõ de vos discours.

 Considerez le palle & la bouche fermée,
Et son œil si affreux qui feut iadis si beau,
Ie croy que par sa mort la mort c'est animée,
Et que son corps pourra animer son tombeau.

 C'est grand cas que la mort nos amitiez separe,
Et nous priue d'vng bien qui nous estoit si doux;
La mort a bien gaignè par la mort du Lazare;
Car le faisant mourir elle a pouuoir sur nous.

 De viure apres sa mort c'est trainer vne vye
Dont l'effect est semblable aux accés de la mort,

B

Il me faut donc mourir pour esmouuoir l'enuye,
Qui dira Marthe est morte, & le Lazare dort,
   Et pour vous dire vray heureuse est la persõne
Qui hait, qui fuit le monde & les gens vicieux,
Et qui en combatant r'emporte la couronne,
Et par ses beaux exploitz se rend digne des cieux.
   Mais que fais tu Seigñr au fort de ma misere,
Que me sert ton pouuoir quand tu n'es pas icy?
Que fais tu maintenant que la douleur amere
Par la mort de mon frere augmente mon soucy.
   Que diras-tu Seigneur au bruict de la nou-
    uelle,
Peut estre comme amy tu verseras des pleurs,
Tu blasmeras d'Adam la faulte vniuerselle,
Qui enfanta la mort, & conceut nos malheurs.
   Tu auras vng regret de perdre la presence
Du fidelle Lazare vnicque en loyauté,
Luy qui te cognoissant adora ton essence,
Et creut comme disciple en ta Diuinité.
   Mais a quoy cette amour? quãd il est miserable
Dedãs vng froid tõbeau quatre iours sõt passez,
Qu'il a perdu la vye & n'en est plus capable,
Et que nous le plorons comme les trespassez.

Il ne dort pas Seigneur il a perdu la vye,
Il ne peut plus parler, ny sentir, ny mouuoir,
Il a suyui la mort qui en auoit enuye,
Et mortel il n'a peu manquer à son debuoir.

Mais ie ne doubte point Seigneur ie te cõfesse
Que present tu pouuois le deliurer de mort:
Tu le pouuois guerir accoisant ma tristesse,
Et luy rendre la vye en despouillant la mort.

Pour adoulcir l'aigreur qui le cœur me con-
    somme,
Tu me promes la vye a vn corps ia pourri,
Et qv'ng mort reuiura à la façon d'vng homme
Reprenant la vigueur d'ung viuant bien nourri.

Ie ne suis point en doubte au grãd Iuge admi-
    rable
Qu'vn iour toustes espris ne reuestent leurs corps,
Quand assis sur vn trosne au iour espouuentable
Iuste tu iugeras les viuans & les mors.

Chere ame de ta sœur prend ce dernier seruice,
Recoy dans ton cercueil mes larmes & mõ cœur,
Pour meriter de toy ie te rend cet office,
Et regrete ta mort comme vne bonne sœur.

LE TOMBEAV DE CATHERINE DE
MEDICIS ROYNE DE FRANCE

A LA ROYALE MARGVERITE.

LA Mere de trois Roys dort deſſoubz cette
    biere,
Elle a tramé ſa vye ainſi qu'elle debuoit:
Elle a voulu mourir voyant noſtre miſere,
Qu'elle vouluſt chaſſer lors qu'elle ne pouuoit.

    Vng regret qui poignoit viuemēt ſa poictrine
Aduancea ſes deſtins, deuancea ſes deſſeins,
Des affaires de France elle vit la ruyne,
Et par ſa mort ſoudaine elle en vuida ſes mains.

    Raiſõnant ie me perdz & ie ne puis cõprendre
Comme vne telle Reine eſt ſubiecte au treſpas,
Elle qui peut la vye à vne morte rendre,
Et qui euſt faict mourir vng Dieu qui ne meurt
    pas.

    Elle auoit des vertus qui la rendoÿēt louable,
Et hauſſoyent ſon merite entre les nations,
Eſtant inimitable elle eſtoit admirable,
Tournant ſes actions en des perfections.

    Elle auoit ce qui eſt du propre de la femme,

C'eſtoit (s'on parle ainſi) vng monſtre de beauté,
Son ſein couuoit l'amour, ſes yeux couuoyent la
      flame,
Et de peur d'offencer vſoit d'humanité.
    Vng grand Roy qui dontoit tout le monde par
      armes,
Ce vit en fin dompté par ſon œil gracieux,
Ce voyãt ſans puiſſãce il euſt recours aux larmes,
Et pour flatter ſa playe il ſe ſeruit des yeux.
    Le cœur de cette Dame eſtoit plein de conſtãce,
Portant patiemment la mort de ce grand Roy,
Le perdant ell' perdit preſque toutte la France,
Et luy manqueant ce Roy on luy manquea de foy.
    Elle eut l'eſprit plus ſain que ne l'euſt pas
      Porcie,
Elle fut plus virile & hautaine de cœur,
Porcie par ſa mort triumpha de l'enuye,
Et elle en endurant triumpha du malheur.
    La prudence luy fut auſſi fort familiere,
Dont elle en fit parroiſtre aſſez de bons effaictz,
Elle changea la guerre en vne paix proſpere,
Et reſtablit l'eſtat par cette bonne paix.
    La gloire de Iudith eſt moindre que ſa gloire,

De la parangonner ceſt obſcurcir ſon nom,
Car Iudith par la guerre a laiſſé ſa memoire,
Mais elle a par la paix illuſtré ſon renom.

Grãd Royne tes enfãtz ne t'õt faict immortelle,
Les vngz ſont mortz deuant, les autres apres toy,
Tu leurs as bien monſtré que tu eſtois mortelle,
Quand la mort de mourir leur a præſcript la loy.

Tandis que tu viuois la France eſtoit paiſible,
Mais en mourant la paix mourut pareillement,
Ta mort pour ce ſeul point ne ſeut que trop nuiſible,
ſible,
Et on iugea la fin par le commencement.

C'eſt grãd cas q̃; la mort ne pardõne à perſõne,
Frappant d'vng traict eſgal les bouuiers & les
Roys:
Elle ayme mieux tuer les Roys portes couronne,
Que de n'eſtre plus mort en tranſgreſſant ſes loix.

LE TOMBEAV D'ANTHOINE DE
BOVRBON ROY DE NAVARRE.

A MONSEIGNEVR LE DAVPHIN.

Ette tombe nous vole vng grand Roy dõt
la gloire

Estonna tout le monde, & tonna dans les cieux;
Il aeft adquis viuant vne belle memoire,
Et mort comme Romule eft-mis entre le Dieux,

 Ce Prince n'eft pas mort il a changé de vye,
Bruflant côme vng Hercule au feu de fa grãdeur,
En defpit de Iunon il a dompté l'enuye,
Et c'eft faict vng grãd Dieu en defpit du malheur.

 Mais auant que d'aller dans la voute ætherée
Ce Phœnix de fa cendre vng Phœnix a conceu,
Par le depart de l'vng noftre ame eft alterée,
Et par l'autre auffitoft noftre mal eft deceu.

 Ce Prince aux Roys de France eftoit Prince
    fidelle,
Il ne rompit iamais fon ferment ny fa foy,
Oncques ne fe monftra à fon Charles rebelle,
Et iamais ne changea de party ny de loy.

 Parmy les tourbillons d'vne guerre fanglante
Il fe monftra toufiours amateur de la paix,
Il euft la confcience en croyant innocente,
Et la foy des ayeux n'abandonna iamais.

 Il ne fut conuoiteux côme feurent ces Princes,
Qui penfoyent engloutir le bien des ieunes Roys,
Il honora fon Roy & garda fes Prouinces,

Et viuoit sainctement en obseruant les loys.

Ce Roy feut aux côbatz hardy côme Alexãdre,
Il surmontoit tousiours & n'estoit point dompté,
Annibal n'eust pas sceu des ruses luy apprendre,
Et le vaillant Marcel ne l'eust pas affronté.

Aux exploictz de la guerre il ioignoit la sagesse,
Auant que d'entreprendre il aduisoit comment,
Auec l'experience il mesloit la finesse,
Et n'executoit rien qu'auec bon iugement.

Le François recognoist la force de ses armes,
Nostre histoire en faict foy qui d'escript ses ex-
       ploictz,
Quand il mourut la France en ietta force larmes,
Et à le regreter elle inuita ses Roys.

Hardiment combatant il employa sa vye
Comme vng bon Prince doibt pour garder son
       Seigneur,
Fatalement frappé d'vng boullet de l'enuye,
Mourut côme vng soldat dans le lict de l'hôneur.

Prince sur ce grand Roy formez vos actions,
Admirez sa vertu & mirez vous sur elle,
Son tombeau vous inuite à ses perfections,
Et vous monstre la voye à la ioye eternelle.

LE TOMBEAV DE IEANNE D'ALBRET

Royne de Nauarre.

A MADAME.

Ne grand Royne icy repose
Dont la rare perfection
Perfectionnoit toutte chose
Des effectz de son action,
Et se rendant inimitable,
Se rendoit aux Roys admirable.

   Viuant elle asseruit la vie
D'vn grand prince dessoubz sa loy.
Et pour triumpher de l'enuie,
De grand prince le fit grand Roy.
Et pour nous le rendre admirable
En biens le fit inimitable

   D'vne si diuine alliance
Le Ciel vn Prince nous donna
Qui comme Athlas soustient la France
Et si loin sa gloire borna;
Que se rendant inimitable
Au monde il se rend admirable

   Cette Dame eut l'ame saisie

C

D'une sainéte ardeur de scauoir,
Elle cherit la poësie,
Et en voulant n'eust le pouuoir
De se rendre en uers admirable
En se rendant inimitable

   La mort comme elle est affamée,
La faict tomber dans le tombeau,
Mais par sa mort sa renommée
A vestu vn lustre plus beau,
En sa vie estant admirable,
Et en sa mort inimitable.

   Mais cette Royne n'est pas morte
Son merite a la mort donté
Car d'vne merueilleuse sorte
Comme Helie au Ciel est montè,
Au Ciel est monté admirable,
Et c'est rendue inimitable.

   Le chariot ardant de flamme
Qui l'emporta ce fut la loy,
Et les cheuaux tirans son ame
La charité l'espoir, la Foy,
Qui la rendirent admirable
Par vne voye inimitable.

Belle ame qui es bien heureuse
La haut en la gloire des Cieux
Prie pour ta race enuieuse
Qui t'eſt plus chere que tes yeux,
Et fais qu'eſtant inimitable,
Au monde elle ſoit admirable.

LE TOMBEAV DE LOYSE DE LORRAINE
Doüayriere de France.

A MADAME LA PRINCESSE DE CONTI

Ette tombe ſacrée enſerre iniquemeut
   Un miracle d'amour, vne autre Artemiſie,
Cette Princeſſe ayma ſon Dieu parfaitement
   Et de le ſeruir ſeul auoit l'ame ſaiſie:
Viuante elle porta la mort patiemment,
   La mort de ſon mary dont on vola la vie,
Elle vit que ce Roy mourut iniuſtement
   Et ne peut pas pourtant deſtourner cette enuie.
Veufue elle ayma ſon Dieu, & a ſa volonté
   Conforma ſes deſſeins, ſes deſirs, ſa beauté,
Embraſant ſon eſprit de ſon amour durable:
Et Dieu la guerdonnant d'vn preſent tout diuin,
   Luy enuoya la mort pour n'auoir plus de fin,

Et l'ornant de sa gloire il la fit admirable

LE TOMBEAV D'ABSALON PROSOPO.
PE'E DV ROY DAVID

A MONSEIGNEVR LE DVC D'ORLEANS

LA mort ma donc raui ma tendre geniture,
Abſalon eſt donc mort malgre ma volonté,
Ie regrette ſa perte eſmeu de la nature,
Mais i'accuſe ſa faute & ma legereté.

Mon cher fils Abſalon ta mort trouble ma vye,
O Abſalon mon fils ie plore ton malheur,
Tu cherchois les grandeurs tu as trouué l'enuie
Qui ta baſti ta tombe en l'air de ſa rigueur.

T'aymer trop cherement à cauſé ta miſere,
Diſſimuler ta faute eſt cauſe de ton ſort,
Pour t'auoir eſté doux tu m'as eſté ſeuere,
Et pour cherir ta vie às deſiré ma mort.

Pere ſur mõ malheur formés vous vn modelle,
Ne flattez vos enfans & ne les perdes pas,
Vn enfant chouëtté eſt bien ſouuent rebelle,
Et du fil de licence il ourdit ſon trepas.

Deux choſes t'ont perdu ô enfant miſerable,
Le deſir de regner & le mauuais conſeil,

Tu ne pouuois regner n'en eſtant pas capable,
Auſſi aſtu borné ce deſir d'vn cercueil.

  Tu ſeduiſois mes gens pour me faire la guerre,
Banniſſant loing de toy l'honneur que tu me dois,
Tu recherchois ma vie & ſouhaittois ma terre,
Et tes armes auſſi faiſoient taire les loys.

  Pour t'auancer en biens tu braſſois ma ruine,
Vn malheureux Daimon te rempliſſoit le ſein:
Ton cœur vouloit mon ſceptre ; & ta main ma
    poictrine,
Et t'eſtant reuolté ie iugay ton deſſein.

  Mais ce Dieu qui de rien à formé toutte choſe
Rabaiſſe la malice & l'orgueil d'vn enfant,
Il diſpoſe autrement tout cela qu'il propoſe,
Et le rend miſerable & non pas triumphant.

  Grand Dieu ta prouidence eſt hautement pro-
    fonde,
Obſcurs ſont tes ſecres, & tes conſeils cachez,
Ta profonde bonté nous à fait naiſtre au monde,
Mais las nous nous perdõs par nos proprespechez.

  Mon cœur eſt tout troublé d'vne forte triſteſſe,
Ma force ma laiſſe' ie n'ay plus de vertu,
Mes yeux ſõt tous couuers d'vne nuict trop eſpeſſe,

Et d'vn sac encendré mon corps est reuestu.

Las si mes ennemis pleins de haine & denuie
Me dressoient ces combatz de desirs affamez
Gaillard le glaiue au poing ie defendrois ma vie,
Et les eusse tout nu desconfitz tout armez.

Mais mes proches amis me dressoient ces alar-
mes,
Et ceux qui estoient pres sont allez loin de moy,
Contre eux ie combatois seulemēt par mes larmes,
Et me vestois le cœur de regret & d'esmoy.

Mes fils voyla que c'est que d'offencer son pere,
Sans confesser ta faute Absalon tu es mort,
De ton salut ie doute ô estrange misere,
Pensant te faire grand tu tes faict vn grand tort.

Mais Joab deuoistu auoir tant d'arrogance,
Enflé par la victoire & superbe en ton bien,
De perçer le costé de mon fils de ta lance,
Transgressant ma parole & ne redoutant rien.

Quand Salomon m'aura abbattu la paupiere,
Et que mes os seront en vne tombe en paix,
Tu sentiras Ioab la vengence d'vn pere,
Et que l'on ne pardonne a vn meurtrier iamais.

Cependant ô grand Dieu pardōne à ma semēce,

Ne condamne mon fils comme il à merité,
Mais qu'en ressuscitant il gouste ta clemence,
Ainsi qu'a sa naissance il cogneut ta bonté.

LE TOMBEAV DE CATHERINE DE
BOVRBON DVCHESSE DE BAR.

A MONSIEVR LE DVC DE L'ORRAINE.

Venus.

La beauté dont i'auois orné cette Princesse
Ne l'a pas defendue alencontre du Sort,
La mort qui est rusée vsa de sa finesse,
Car la faisant mourir belle se fit la mort.

Ie luy dönay mes yeux, mes graces & ma face,
Mes traict & mes attraict luy furët descouuers,
Toutes ces actions estoient pleines de grace,
Et ses yeux aueugloient les yeux les plus ouuers.

Ceux la qui la voyoient la prenoient pour moy
    mesme
N'estant de rien plus qu'elle hors l'Immortalité,
Elle estónnoit les Dieux de sa douceur extresme,
Et captiuoit les Roys es lacq de sa beauté.

Le fils de ce grand Prince & grand Duc de
    Lorraine,

Rauy de ses beaus yeux souspiroit nuit & iour,
Et heureux l'espousant il soulagea sa peine,
Et eut autant de bien qu'il auoit eu d'amour.

IVNON

Si venus luy donna vne beauté diuine,
Ie luy donnay sa race extraicte des grand Roys
Sa beauté luy seruit, mais plus son origine
A surmonter le cœur des Princes soubz ses loys.

Son sang noble d'ayeux la rend recommēdable
Car sa grandeur l'esgalle a la grādeur des Dieux,
Dieux qui sont tout honteus la voiant admirable,
Et luy quittēt leur trosne aueuglez par ses yeux.

Mort tu as donc tué cette grande Princesse,
Cruelle n'ayant pas d'esgard à sa grandeur,
Mais recognois ta faute & iuge ma destresse,
Et pour te mieux punir confesse ton erreur.

Ton traict frappe ceux la que le destin te liure,
Tu es sourde a leurs cris & tu les fais perir,
Mais faillant lourdemēt en ne les laissant viure,
Ie purgeray ta faute en te faisant mourir.

PALLAS.

Non cette sœur de Roy, cette dame d'eslite,
Cet obiect de vertu n'a point veu le trepas,

Elle auoit pour mourir acquis trop de merite,
Et la mort feut deceüe en ne la tuant pas.

La beauté la grandeur a la mort obeiſſent,
Mais la mort obeiſt a la belle vertu,
Les choſes qui ont eſtre a la parfin periſſent,
Ce qui eſt eternel des temps n'eſt abattu.

Les vertus illuſtroient cette Princeſſe illuſtre,
Comme les corps diuins vont decorant les cieux,
Vne graue douceur a ſa voix donnoit luſtre,
Et vn amour celeſte accompaignoit ſes yeux.

Mary ne plorés pas en luy portant enuie,
Frere ne ſoiés pas marri de ſon bonheur,
Cette dame n'eſt morte elle a changè de vie,
Et prie au Ciel pour vous qui viuez en douleur.

LE TOMBEAV DE MARIE DE STVART
ROYNE D'ESCOSSE ET DOVAIRIERE DE FRANCE

A IACQVES 4. ROY D'ANGLETERRE ET D'ESCOSSE.

Ous ce iaſpe repoſe vne Royne de France
Qui eſtoit en beauté vn Phenix a nos yeux,
Elle eſclaira la terre aux rais de ſa naiſſance,
Et des rays de ſa mort elle eſclaira les cieux,
Ceſtoit bien la plus belle & rare creature
D

En qui iamais le Ciel mit ses perfections,
En son corps ell' faisoit admirer la nature,
Et rauissoit les Dieux en ses conceptions.

Je n'eusse pas pensé qu'vne beauté si belle
Eust subiecte a la mort tombé desoubz ses loys,
Qui eust iamais pensé vne Royne mortelle
Qui dōnoit & la vie & la mort aux grādz Roys?

Qui eust creu que la mort toutte haue d'enuye,
Eust sur cette beauté exercé son effort,
Quand mesmes a la mort elle eust donné la vie,
Et eust a la vie mesme aussi donné la mort?

Mais il est ordonné par la bouche diuine
De mourir vnefois pour reuiure tousiours,
On meurt ioyeusement croyant cette doctrine,
Et l'on fraude la mort sauué par ce discours.

Christ qui estoit & Dieu & hōme tout ensēble,
En mourant nous monstra commēt il faut mourir,
Qu'il faut que nostre mort a la sienne ressemble,
Et ouurant nostre vlcere en mourant nous guerir.

Cette Royne en suyuant les traces de son pere
A ployé sa grandeur soubz les loys du destin,
Elle a porté sa croix comme son heritiere,
Et comme luy est morte ayant part au butin.

Pour luy elle a souffert vn martyre honorable,
Elle a perdu la teste & à gaigné les cieux,
Elle a rendu la vye en sa mort miserable,
Et à faict en mourant mourir ses enuieux.

Elle fut par l'Anglois faussement accusée,
Et condamnée a tort comme Suzanne feut,
Vn mauuais iugement luy trancha sa fusée,
Et vne foy pariure en cela la deceut.

Elle fut bien vingt ans captiue en Angleterre
Luy imposant des faictz qu'elle ne fit iamais,
Cöment captiue eut elle esmeu cötre eux la guerre,
Quand libre elle auoit tant fauorizé la paix.

Dès siés iusqu'a la mort traictreusemët suyuie
Penseant sauuer sa vie alla trouuer sa mort,
A ce coup la fortune enuya sur sa vie,
Et l'Anglois infidelle enuya sur son sort.

Celle qui est chassée & sa terre abandonne
Ne peut troubler l'estat d'vn royaume estranger,
Elle estoit trop craintifue en perdant sa couronne,
Sans se remettre en peine en sortant d'vn danger.

Ce n'estoyët que faux faictz d'ü cöseil politique
Qui empestoit d'erreurs toutte leur region.
Conseil qui la ruina pour estre catholique,

Et qui la fit mourir pour sa religion.

Vous estes biē cruelz nourrissōs d'Angleterre,
Fils de la grand Bretaigne autrefois si courtois,
Vous estes a bon droiɛt diuisez de la terre,
Puis que vos cruautez en banissent ses loys.

Vous auez mis a mort cette dame innocente,
La voix du sang versé abaye contre vous,
En l'aiant fait mourir sa gloire vous tourmente,
Et de sa renommée encore estes ialoux.

Fils vous deuez vanger la maternelle iniure,
Et repeter sa vie aux despens de leur mort:
Dissimulant ce tort vous blessez la nature,
Et les faisant mourir vous ne leurs faiɛtes tort.

Vis en paix belle Royne au millieu de la gloire,
Tandis sur ton tombeau tombé vn essain de fleurs,
Tu as cuilli en ioye vn champs plein de viɛtoire
Que tu auois semé & arrosé de pleurs.

Grand Roy desous ces vers contemplez mon
seruice.
Les Muses cherchēt ceux qui aymēt leur mestier:
Si i'ay failly moymesme en reprenant leur vice
Defendés moy d'escrire & m'ostez le laurier.

LE TOMBEAV DE LA DVCHESSE DE
BEAVFORT.

CElle qui captiuoit vn grãd Roy souz ses loys,
Captiue de la mort est morte en sa naissance,
Ses yeux la firēt grãdē enuers les plº grãdz Roys,
Mais la mort luy rauit ses yeux & sa puissance.

LE TOMBEAV DE MARIE DE LA CHASTRE
DAME DE MARCOVSSIS.

Dormez sous ce tõbeau bien heureuse Marie,
Dormez sans craindre rien, Dieu vous
donne sa paix:
Le ciel qui vous aymoit vous a tranché la vie,
Pour vous faire reuiure aux astres a iamais.

LE TOMBEAV DE IACQVES CVIAS I. C.
TIRE' DE L'EMBLESME L. DE IEAN MERCIER.

Passant regarde icy sous ce marbre repose
Cuias ce personnage illustré de renom,
Sa cendre en peu de lieu & d'espace est enclose,
Mais les cieux ne sont pas assez grandz pour son
nom.
Trois des neuf Muses sœurs s'efforcent de des-
Ce Tombeau consacré à l'immortalité.   (faire

Elles ne veulent pas pour cela nous deplaire,
Ny enuers le deffunct vser de cruauté.
  Ne pense pas aussi que ce grand personnage
Ayt des lettres viuant iamais mal merité,
Les Muses ont cheri & loüe son ouurage,
Et l'ont recommandé à la posterité.
  Pourquoy dõc diras-tu ce tõbeau froissét elles,
Et vont elles ainsi rompant ce monument?
Monument qui contient des cendres immortelles,
Qui ont de leur aucteur quelque resentiment.
  De sçauoir bien pourquoy capables nous ne
      sommes,
Bien que les tombeaux soient que pour les mors
      seulement,
Puis celuy la qui vit par la bouche des hommes
N'est mort mais de la terre il va au firmament.
  Viuant il c'est basti vne tombe honorable,
Que ne pourra iamais la rouillure manger,
Il c'est rendu aux siens enseignant admirable,
Et le vol de sa plume a raui l'estranger.
  Il fit profession de touttes les sciences,
Mais principalement de l'vng & l'autre droit,
Il fust aussi parfait que les Intelligences,

Et la France ne l'ayme ainsi comme elle doit.
   Les liures qu'il a faictz sõt rẽplis de doctrine,
Aucun siecle n'a veu vn ouurage plus beau,
Dedans iceux viuant cette teste diuine
Pour ne mourir iamais a basti son tombeau.

LE TOMBEAV DV POETE GALLAND
LIONNOIS

L Ion feut le pais ou il prit sa naissance,
   Il pratiqua viuãt des peuples les humeurs,
   Jl eut peu de fortune & beaucoup de science,
Et des humeurs du monde il composa ses mœurs.
Le Ciel auoit versé vne bonne influence
   Dans son corps illustré d'un nombre de faueurs
   Jl auoit l'esprit pront & plein de cognoissance,
   Et Phœbus & la Muse honoroyent ses labeurs
Mais Phœbⁿ & la Muse helas n'ont sceu defendre
   Ce Poëte Galland d'vn malheureux esclandre
   Ou la mort la reduit en rauissant son iour:
Par sa mort de merueille & de regret si pleine
   En delaissant la terre il la remplyt de hayne,
   Et en allant au Ciel il le remplit d'amour.

LE TOMBEAV·DE NOBLE HOMME
SIMON BIGOT SIEVR D'AVGY ET
Esleu à Bourges

CE froid Tombeau auidement enserre
 Vn bel esprit subtil & releué,
 Qui fut iadis par les artz cultiué,
 Et or sans culte il dort souz cette pierre,
Viuant il fut ennemy de la guerre
 Ayant l'amour & la paix approuué,
 De bonnes mœurs il estoit abreuué,
 Parloit du Ciel, se taisoit de la terre:
J'ay bien souuent assis a son costé
 D'vn zele ardant contre luy disputé
 De Dieu du monde & de l'Astrologie:
Mais las la mort enuyant sur ses iours,
 Pour mieux coupper le fil de nos discours,
 Luy vint trancher le fuseau de sa vie.

LE TOMBEAV DE MESSIRE FRANCOI
IAMET IC AYEVL MATERNEL DE L'AVTEVR

PLorez mes yeux, Muses plorez aussi,
 Plorez Themis, plorez toutte la France,
Changez en cris vostre reiouyssance,

Et vos habits en robes de foucy.
Iamet eſt mort, Iamet le cher foucy.
　　Et le mignon de la iuriſprudence,
　　Et quant & luy eſt morte la ſcience
　　Qu'Aſtré du ciel nous apportoit icy.
Verſez mes yeux ce que le cerueau donne
　　Pour n'auoir veu mon Iamet en perſonne,
　　Comme ie voy ſon ame en ſes eſcris:
Non ne plorez pour vne pourriture,
　　Puis que ie voy liſant ſon eſcriture
　　En ſes eſcris reuiure ſes eſprits.

LE TOMBEAV DE NOBLE HOMME HILAIRE
DE BERTHRAND SECRETAIRE DV ROY, ET PERE
de l'auteur.

Aſſant ne paſſe pas, entend cette nouuelle,
　Fais alte a tes eſpritz auſſi biē qu'a tes pas,
Ne le pouuant ſauuer de la mort naturelle
Pryons qu'il viue au ciel en deſpit du treſpas.
　　Celuy que ce tombeau trop goulument enſerre,
N'eſt mort, mais a changé de maiſon ſeulement,
La terreſtre partie eſt retournée en terre,
La celeſte partie allée au firmament.

　　　　　　　　　　　　　　　E

Il a fait icy bas le voyage ordinaire
Selon que la nature ordonnoit son destin,
Pour guide du chemin il auoit la misere,
Et iugeoit de son vespre en voyant son matin.

Soubz vn siecle mauuais il a tramé sa vie,
Il a serui les Roys, & les a veu perir,
Ieune il n'a peu iamais se garder de l'enuye,
Et viellard ne c'est peu garentir de mourir.

Aux hommes d'icy-bas la mort est naturelle,
Poußät d'vn pied esgal les Roys & les Bouuiers,
De nostre mort commune ell' se faict immortelle,
Et de nostre Cypres ell' se faict des lauriers.

Les vns ieunes s'enuont, les autres en vieillesse,
Car la mort est tout vne, & les temps sont diuers,
Ne fault donc se fascher s'ell' pille de vistesse
Les fleurs de nostre Auril, les fruitz de nos hyuers.

Ses peres deuant luy ont franchi ce passage,
Puis il les a suyui, & les siens le suyuront,
Par sa mort bien heureuse il nous donne courage
Et l'espoir du salut nous graue sur le front.

Belle ame donc l'absence attaque ma memoire,
Qui as quitté le mal pour receuoir le bien,
Tu as mourant pour nous merité de la gloire

Ou en viuant pour toy nous ne meritions rien
Vn regret tout nouueau mes espritz espoin-
conne .
Dequoy ie ne t'ay peu en ton mal secourir,
Le debuoir & l'amour des reproches me donne
Veu que tu m'as veu n'aistre, & ne t'ay veu mourir
Pardonne moy belle ame, & ne me porte enuie,
Ny hayne, ny rangueur, aincois pardonne moy,
Ainsi sois tu escripte au liure de la vie,
Et mise dans le ciel sur le banc de ta foy.
Desoubz ce marbre froid repose en patience,
Dors, attendant le Jour que l'ange sonnera,
Et desur ton tombeau les fleurs prenent naissance
Pour en orner ton corps quand il se leuera.
Passant c'est assez veu, parfaictz ton aduëture,
Passe outre ayant en l'ame vn regret de sa mort,
Pense que pour finir commence la Nature,
Et que nous deuons tous courir vn mesme sort.

LE TOMBEAV DE DAME ANNE DE CAILLY
AYEVLE MATERNELLE DE L'AVCTEVR.

Passant la Dame qui repose
Dessouz ce iaspe couronné

Nous monſtre que la mort diſpoſe
En ce monde de toute choſe
Que le ciel tient enuironné.
 Venu en ce lieu de deſtreſſe
Elle ma doucement nourri,
Et d'vn ſoing d'ayeule ſans ceſſe
Elle a eſleué ma ieuneſſe,
Et mignardement ma cheri.
 Pour luy rendre la recompenſe
D'vn office ſi gracieux
Pryons la diuine Clemence
De luy pardonner ſon offence,
Et la colloquer dans les cieux.

LE TOMBEAV DE DAME LOYSE IAMET
MERE DE L'AVCTEVR.

Dans ce tombeau de marbre elabouré
 Giſſent les os, repoſent les reliques
De celle-la dont les ayeux antiques
Se ſont acquis l'honneur tant deſiré:
Les vns doüez d'vn ſcauoir reueré
 Se ſont meſlez des choſes politiques,
 Les autres bons aux exploictz polemiques

Ont de la gloire és combas retiré.
Quoy plus encor cette dame benine
    M'a faict entrer en la ronde machine
    M'ayant neuf mois en son ventre porté:
Repose heureux bel Esprict de ma vye,
    Et puisse-tu t'aquerir sans enuye
    Vn doux sabat dans l'immortalité.

LE TOMBEAV DE DAMOYZELLE
ANNE DE CHAMBELLAN.

E souz ce tertre plein de roses
    Passant, les cendres sont encloses
De celle qui feut en viuant
Pleine de vertus & de lustre,
Fille d'vne maison illustre
Qui alloit les grandeurs suyuant.
    Elle feut au cours de sa vye
Subiecte aux abois de l'enuye,
Que braue enfin elle donta,
Et par vn traict plein de courage
Blessa la mort dans le visage,
Et en mourant la surmonta.
    Dans ces immortelles clostures

Prye pour nous tes creatures,
Secoure le sang qui est tien:
Donne a ta fille bien aymee
Vne ame enuers Christ enflammee
Puis qu'vn autre retient son bien.

TOMBEAV DE IACQVES DE BERTHRAND
FILS 4. DE L'AVCTEVR.

Ertes la mort de mon fils bien aymé
   M'a iusqu' au cœur abbatu de tristesse,
   Et cette fiere & mortelle Deesse
   M'a quantet luy en sa biere enfermé:
Las de sa mort le trespas animé
   A donné vye a ma viue destresse,
   Et sur ma vye au millieu de l'angoisse
   La mort maistresse a aussi dominé.
O cœur o cœur recommencez vos plainctes,
   Main de la mort retastez les atteintes,
   Yeux respandez des souspirs & des pleurs:
Coniurez tous cette mortelle Enuye
   Ou bien de rendre a mon enfant la vye,
   Ou me l'oster entre tant de malheurs.

TOMBEAV DE SES CINQ ENFANS.

Ve tes secretz o grand Dieu sont cachez,
　　Que tes conseilz remplys de prouidence
　　Sont esloignez de nostre cognoissance
Dans ton ideé obscurement couchez:
L'homme mortel offusqué de pechez
　　Ouurant les yeux de sa foible puissance
　　Ne sçauroit voir de ton intelligence
　　Les hautz desseins vainement recherchez.
Je pense & songe & ie ne puis comprendre
　　Pourquoy la mort a voulu me surprendre
　　Mes cinq enfans en cinq moys seulement:
Pourquoy sitost l'orient de leur vye
　　C'est veu brunir sous vn clair firmament
　　Par l'occident d'vne funeste enuye.

SIC VISVM SVPERIS.

FIN DES CIMETIERES
ROYAVX.

SONNET. 1.

INexorable, execrable Lucine,
    Menteuſe, feinte & ſourde Deité,
    Trop ſottement la ſimple antiquité
Te reclamoit au temps de la geſine.
Ou tu n'es rien : ou tu es bien maline
    De ne garder de ta diuinité
    Juſques au temps en neuf moys limité
Le fruit conceu plus bas que la poictrine,
Je ne me puis aſſeurer que tu ſois,
    Quand ie cognois que deſia par deux fois
    Ta Deité c'eſt trouué menſongere :
Idole va tu m'as trop abuſé,
    Quand d'vne humeur ancienne & legere
    Ie t'ay prié & tu m'as refuſé.

2

J'Ay dans le ſein de mes Sainctes Reliques
De mes deſirs amaſſé tous les traictz,
Tous les plus doux, tous les plus ſainctz àttraictz
Et le plus pur de mes amours pudiques :
    J'ay la caché ſouz des voiles miſtiques

Ces yeux trompeurs qui m'auoyent tant diſtraictz,
Et d'vne plume effacé tous les traictz,
Tous les penſers de mes feux impudiques.
    Mais quoy tu m'enfle & me r'enfles le cœur
Hautain d'eſprit d'eſgaller mon labeur
Aux vers dorez qui naiſſent ſur Parnaſſe,
    Non non croy moy mes vers ne ſeruent rien,
Non pas de l'Art du ſel & de la grace
Pour dire bien mais bien pour faire bien.

3

TV as raiſon beſ Eſprit de me dire
    Que le ſilence à rompu mes diſcours,
Et que les vers enfans de tes amours
    N'animent plus le doux ſon de ma lyre.
Certes le mal que mon ame reſpire,
    Dont eternel en peut eſtre le cours
    Si fort me point, & repoint tous les iours
    Qu'ils me ſurmonte & ne l'oſe d'eſcrire:
Le traict mortel de la mort inuincible
    Me rend aux traictz de l'amour inſenſible,
    Et me transforme en vn autre que moy:
Comme Niobe agité de furie
    Je ſens mon ame en rocher conuertie,

F

Seulement viue animé par l'esmoy.

4

IE suis tout ieune assailly par le reume,
Par le catherre heritage des vieux,
Vn Element peccant & vicieux
Me tient malade attaché sur la plume:
　　De mon cerueau plus froid que de coustume
Cette humeur coulle aux membres bilieux,
Et l'a vn froid & vn chaud soucieux
Dedans mes os dans mes veines s'allume:
　　Ie ne suispas vn medecin parfaict
Pour bien iuger par la cause l'effett,
Ou par l'vsage ainsi qu'vn Empirique,
　　Mon mal aussi cognoistre ie ne puis,
Si ce nestoit mon Fradet que ie suis
Trop amoureux ou trop melancolique.

5

LE mal des dens est plein de violence,
　　Le mal d'amour est encore plus fort,
　　L'vn sur les dentz exerce son effort,
　　L'autre sur l'ame exerce sa puissance.
Le mal des dentz faict perdre patience,
　　Le mal d'amour donne presque la mort,

Le mal des dentz s'adoulcit quand l'on dort,
Amour veillant & dormant nous offence:
Si donc les maux d'amour sont plus ardens,
Et plus cuisans que n'est le mal des dens
J'ay desur-toy belle de l'aduantage:
Tu as aussi plus de faueur que moy
Car par ton luth tu accoises ta rage,
Mon vers ne peut accoiser mon esmoy.

6

CEs esuantez qui ont l'esprit fougoux,
   Qui de nos noms ornent leur escripture
Offencent Dieu les loys & la nature
D'ainsi medire & deuiser de nous:
C'est quelque horreur qui les met en courroux
Et leur suggere vne telle imposture,
Ces barbouillons sont regorgeant d'iniure,
Et nostre gloire ils abbayent ialoux.
Je suis raui qu'ilz ne tremblent de crainte
D'ainsi se prendre a nostre fureur saincte,
Fureur cherie en la terre & aux cieux.
N'ont ilz pas peur que comme pour Helie
Pour nous du ciel descendent mille feux
Pour mettre en cedre & leurs vers & leur vye?

TV es heureux de iouyr a ton ayse
　　Du doux repos d'vn amoureux contant,
Tu vas Amour de son baston battant,
Le consommant, le bruslant en sa braize.
De ta fureur sa fureur tu accoise,
　　Iusqu'au mourir tu le vais combatant,
Quand il est mort vn autre tout contant
Et reprend vye & tu en es bien ayze.
Car au second ainsi comme au premier
　　Tu vas dressant ton appas coustumier,
Le bas le tue, & vn autre fais naistre:
Heureux l'esprit si puissant & si fort:
　　Mais plus heureux le bel œil dont l'effort
De trois amours pourra vaincre le maistre.

CE Dieu qui sonde & nos cœurs & nos reins,
　　Qui recognoist auant nous nos pensées,
Qui sçaict du Ciel les carrieres passees,
Et du futur tient l'arrest en ses mains:
Ce Dieu qui sçaict les desseins des humains
Scait contre luy leurs embuches dresseés,
Leurs actions de rancœurs retraceés,

Et de leur mal les progrés inhumains:
O Dieu qui as de tout la cognoiſſance
  Tu vois leur mal parmi ſon innocence,
  Tu vois leur fraude & ſon affliction:
Las s'il a faict vn forfaict ſi damnable
  Iette le vif comme vn autre Ixion
  Dans le plus creux de l'Orque impitoyable.

9

CE n'eſt pas ſans ſubiect la belle que vo° dites
    D'vn veritable mot que ie ſuis voſtre amy:
  Ie ne ſuis poīt de ceux qui n'aymēt qu'a demy,
  Mon amour eſt parfaict cōme ſōt vos merites:
Moy qui ſuis le mignon des Muſes Pancharites,
  Qui me ſuis las du bal maintefois endormi
  Dans leur giron puſſeau, d'vng viſage bleſmi
  Ie me ſuis laiſſé prendre à deux gētes Charites:
Mais voyez de l'amour les effectz merueilleux,
  Ie feus ains que vo° voir amoureux de vo° deux,
  Ie vous vy puis apres aux deſpens de ma vye:
Qu'euſſe-ie faict alors deceu ſi finement,
  Sinon, eſtant changé d'eſtranger en amant,
  Choiſir l'vne pour femme & l'autre pour amye?

10

LEs Grecz & les Romaîs barbares, d'ignorãce
Admiroyent la Nature en sa propre action,
Et ne scachant la cause esprits d'émotion
Avoyent peur des effectz naturelz de naißãce.
L'Eclipse de la Lune à faute de science
Rompoit leur entreprise & leur intention,
Et quittant leur dessein, la superstition
Se logeoit dans leur ame auec la defiance.
Mais l'Art qui scaict cõment l'eclipse se produit,
Qu'au corps de ce flambeau s'incorpore vne
nuict
Quãd l'ombre de la terre au Soleil s'interpose,
L'art disie qui cognoist d'ou viennent ces effectz
Ne les admire pas comme estant imparfaictz,
Mais adore l'auteur & la premiere cause.

STANCE
POVR VN BALLET

LEs Caualiers François trauersant l'Italie,
Pour pratiquer les mœurs des peuples estrã-
Prisant ces Deites ont deprisé leur vye,   (gers
Et sortant de la France entré dans les dangers

Secondãt de leurs bras leur valeureux courage
Par armes ont vaincu ces diuines beautez,
Mais vainqueurs sõt vaincus des traictz de leur
        visage,
Et vaincus ont aussi perdu leurs libertes:
    Ilz ont secretement captifs de leurs captiues
De la flamme d'amour les effectz resſentis,
Leurs cœurs mors õt souffert des atteictes si viues
Que d'auoir trop osé ils se saut repentis.
    Et pour vous faire voir que leur beauté les
        guide,
Et qu'ilz sont prisonniers de leurs yeux seulement
Les figures qu'ilz font sont faicte en Pyramide
Symbole de ce feu qui les va r'animant

AV SIEVR GVILLOT SVR SES
liures de la Franciade.

Eureux Esprit du ciel ta premiere
        origine,
    Releué de desſeins, esleué de deſtins,
Tu dõnes à ton œuure vne forme diuine
L'obiect & la matiere eſtant auſſi diuins.

Les grãd Roys sõt de Dieu les viuãtes imag,
Ton ouurage royal s'orgueillit de ces Roys,
Chasque vers sont autant de diuers paysages
Ou tu repeins leur guerre & retraces leurs loys.

Tu les as obligés (a) par vn droict conforme
Te seruant d'argument tu leurs es obligé,
Mais ilz doibuent du reste & les as engagé
Dautant que la matiere est moindre que la forme.

Tu reformes leurs corps, tu deterres leur gloire,
Tu rappelle leurs noms de l'horreur du tombeau,
Mais leur voulant filer vne longue memoire
Tu racourcis ta vye en ce petit tableau.

C'est ouurage est penible & d'vne lõgue haleine,
Il faut beaucoup suer trauailler & veiller,
Les Grecz feurent dix ans bataillãt pour Helene,
Pour l'hõneur mõ Guillot faut autant batailler.

Poursay donc ce grand œuure & ne pers pas
courage,
Nostre grand Roy pourra guerdonner tes labeurs
C'est vn Roy qui est bien digne de ton ouurage,
Mais tu es bien aussi digne de ses faueurs.